MELTING POTES

DAVINA ROWLEY

Illustré par Marie-Pierre Oddoux

L'Éditeur tient à remercier particulièrement :
- Madame Michèle Courtillot, professeure agrégée, chargée
  de mission auprès du recteur de l'Académie de Paris ;
- Madame Sabine Delfourd, professeure des écoles à l'École
  active bilingue Monceau, Paris ;
- Madame Martina McDonnell, enseignante-chercheuse
  au département de Langues et Sciences humaines
  de l'Institut national des Télécommunications (INT), Évry ;
pour leurs précieux conseils.

Avec la participation de Regan Kramer.

Création graphique et mise en page : Zoé Production.

Chapitre 1
Le départ

« Bon alors, ma chérie, tu es sûre que tu as tout ce qu'il te faut ? Tiens, tu ne veux pas acheter un sandwich pour le voyage ? Et du Coca ? Non ? Allez, j'y vais, va faire la queue pour l'enregistrement des bagages avec ton père… Ouh là là, ce monde, c'est infernal ! Jean-Luc, tu t'occupes de ta fille ? C'est vraiment moi qui fais tout ici… Non, pas par là, le vol ZR 846 pour New York c'est de l'autre côté, c'est marqué sur l'écran, comme le Port-Salut, là ! Bon sang de bon soir, Léa, mais comment tu vas faire sans moi pendant un an, si tu n'arrives même pas à prendre ton avion toute seule ? C'est pas possible, hein Jean-Luc ? »

Mon père peine à masquer son agacement. Il faut dire que la situation est pour le moins cocasse* : je suis à l'aéroport avec mes deux parents, qui ont tenu à accompagner leur petite dernière – moi ! – pour son départ pour la Grande Pomme – New York. (Oui, ma meilleure copine Émilie m'a expliqué que la Grande Pomme, c'est le surnom de New York, je ne le savais pas. Alors maintenant je frime, voilà !)

Bref, j'ai eu beau expliquer à ma mère que j'avais 21 ans, que j'avais déjà pris l'avion toute seule (bon, d'accord, c'était pour aller à Toulouse chez ma cousine Louise, mais c'est pareil, non ?)… Rien n'y a fait.

Grâce à ma mère, à peu près toute la rue Oberkampf sait que je pars aux États-Unis : le boucher, le coiffeur, le professeur de yoga… Et, évidemment, chacun a une amie, un cousin, un parent lointain qui est déjà allé à New York. Et qui a dû se farcir les conseils de tout ce petit monde ? Bibi[*] !

Le coiffeur, par exemple : « Alors, tu vas à New York ? Quelle chance tu as ! Tu vas pouvoir te faire faire les ongles dans des salons spécialisés, c'est la folie là-bas : il sont beaucoup plus en avance que nous, les Américains. » Mais bien sûr !

Ah, et Madame Pagra, la voisine d'en face : « Tu vas aux *States* ? Mais c'est *wonderful*, *darling*, c'est *so fashion !* » Elle essaie toujours de glisser des mots anglais dans la conversation pour avoir l'air chic et branché, mais pas de bol, ça tombe toujours à plat.

Mais le pompon, c'est quand cette peste de Lisa m'a lancé, la bouche en cœur : « Ah là là ! Ma chérie, mais c'est horriiiiible ! Avec le MacDo, les muffins et les bagels, tu vas prendre au moins cinq kilos ! » Lisa… toujours la petite réflexion méchante sur le bout de la langue, celle-là. N'empêche, je ne suis pas dupe[*]. Je sais très bien qu'elle est déçue que ce soit moi qui aie été choisie pour partir étudier à New York University, et pas elle. Tant pis pour elle ! Pour une fois, elle n'a pas réussi son coup… L'année dernière, elle m'a piqué mon mec, Julien. Ça aurait fait un peu beaucoup…

Soudain, la voix stéréotypée d'une hôtesse résonne dans l'immense aérogare de Roissy : « Les passagers du vol ZR 846 à destination de New York sont priés de se présenter porte 18 pour l'enregistrement. »

« C'est ton vol ! » hurle ma mère. Et là voilà qui commence à empiler tous mes sacs de façon hystérique et à gesticuler dans tous les sens… Heureusement, à ce moment-là, la sonnerie ringarde de son téléphone retentit. Un peu de répit, me dis-je un peu trop tôt…

« Léa, je te passe ta grand-mère, elle t'appelle pour te souhaiter un bon voyage ». D'un geste impératif, ma mère me tend son téléphone de première génération (dire que c'était le mien avant, la honte ! Heureusement que c'était il y a trois ans au moins !). Je plaque le portable sur mon oreille droite et mets l'autre main sur l'oreille gauche pour échapper un peu au brouhaha de l'aéroport.

« Allô ? Léa, ma chérie, ça va ? Tu pars en Amérique ? »

J'aime quand ma grand-mère dit « l'Amérique » et pas « les États-Unis », ça me fait toujours l'effet d'être une sorte de petite sœur de Tintin[*], en route pour de nouvelles aventures…

– Oui, Mamie, je suis prête.

– As-tu pensé à prendre le bonnet rouge que je t'ai tricoté ?

– Oui, merci ! Ma copine Émilie m'a dit qu'il faisait très froid à New York l'hiver ! On verra bien.

– Tu m'appelles en arrivant, hein ?

– Oui, bien sûr !

– Et tu ne parles pas aux inconnus, n'est-ce pas ?

Ma grand-mère est impayable ! Évidemment que je vais parler aux inconnus ! Je débarque dans une ville où je n'ai jamais mis les pieds, de surcroît chargée comme un bourriquet[*]. Je vais demander à quelqu'un de l'aéroport comment prendre le métro, où est le bon arrêt pour New York University, combien il faut payer. Et puis, j'espère bien que je vais rencontrer du

monde quand même, des gens, des jeunes, des filles, des garçons, *un* garçon ? Si seulement… Depuis que Lisa m'a piqué Julien (tout ça pour le jeter deux mois plus tard, non mais quelle garce, tout de même !), c'est le désert sentimental… Donc évidemment que je vais parler aux inconnus, je pars même pour ça.

– Non Mamie, je ne parlerai pas aux inconnus. Je te le promets. Allez, au revoir, je t'embrasse.

Avec tout ça, voilà que c'est mon tour d'enregistrer mes bagages. L'hôtesse est comme dans les films : jolie, mince, blonde, avec un chignon banane ultra-tiré. Mais, à mon avis, elle a un peu forcé sur le fond de teint.

– Bonjour, vous partez tous les trois ?

– Non, c'est ma fille qui part, dit ma mère d'une voix solennelle.

– Puis-je voir votre carte d'identité s'il vous plaît ? me demande l'hôtesse. (C'est une impression où elle m'a adressé un petit sourire complice ?)

Je farfouille dans mon sac tandis que mon père dépose mes bagages sur le tapis roulant.

– 35 kilos ! déclare l'hôtesse. Je suis désolée, mais pour ce poids-là, il faut payer une surtaxe.

– Comment ? demande ma mère, indignée. Mais enfin c'est impossible, il doit y avoir une erreur.

– Si Maman c'est normal, on nous avait prévenus qu'il ne fallait pas dépasser vingt kilos. Combien je vous dois ? dis-je en me tournant vers l'hôtesse.

Ça c'est la tuile ! Je suis un peu dégoûtée que l'argent de mes pourboires* de l'été s'en aille si vite (j'étais serveuse dans un resto). Mais bon, je pars pour un an, il me faut des affaires quand même…

L'hôtesse me tend ma carte d'embarquement avec un sourire.

« Vous irez porte B. L'embarquement a déjà commencé. Bon voyage ! »

Je m'empare de la carte d'un geste décidé… Aïe ! Je sens déjà les crampes d'angoisse tenailler mon estomac ! *Ça y est*. Le grand moment est *enfin* arrivé. Il ne faut pas que je craque devant ma mère, elle serait capable de m'empêcher de partir… Mes parents m'accompagnent jusqu'au bout. Ma mère se retient de pleurer et mon père est à peine plus stoïque ! Il va falloir accélérer le mouvement si je ne veux pas verser ma larme !

« Au revoir papa, au revoir maman… » Je les serre rapidement dans mes bras, me mords les lèvres pour ne pas craquer et vite, vite, je me sauve vers la porte d'embarquement.

Chapter 2
Bad News

"Hello, Susan, what's up?"

"Hello, Matthew. I'm fine, thank you. So! Like I said on the phone this morning, the Dean* wants to see you. Good news, I hope? He'll be with you in a few minutes. Please have a seat."

Susan called the Dean to tell him I had arrived. Meanwhile, I sat down and repressed a sudden smile. "Good news?" Obviously, it was "good news". George, the Dean, was going to inform me that I was going to Australia for a year. That *was* good news! I had been chosen among a hundred seniors* to spend a whole year in Perth, Australia, as a transfer student. Fantastic, it was just fantastic! A week from now, I would probably be surfing with dolphins, showing off to gorgeous girls, discovering a wild continent, exploring incredible landscapes… For some reason, I had always hated cities, buildings, skyscrapers, pollution and noise. I felt good here, in San Francisco. After all, my family had been in California for generations, so I was a hundred per cent normal.

"Matthew, will you follow me, please?" Susan said, smiling. "The Dean is ready to see you."

I followed Susan into the Dean's office. The room was done in New England style, with wooden furniture and deep armchairs. What was funny was the contrast between the room (traditional, as you can see) and its occupant, the Dean: short and bald, in his mid-forties, George spent the whole year in a sports outfit and running shoes. He was a star at San Francisco University. More than a Dean, George was our baseball coach. He used to be a champion, and he was known as one of the best coaches in California. I liked him. Especially today…

"Hey Matthew, how are you?"

"Hi George, I'm fine, thanks. How about you?"

I felt like saying: "Great, since I'm going to Australia!" But I knew I shouldn't say anything until George broke the news. I didn't want to let him know *how* I had heard the news…

"Good, good," he answered. "Did you see the game last night? The Mets were amazing, weren't they?"

Baseball was, obviously, our favorite topic of conversation.

"Well, they weren't bad. But as you always say, they're New Yorkers, right? So they can't be any good at baseball, can they? I wonder if they're any good at anything!"

I laughed, but George didn't join me. Usually he was the type to make fun of the East Coast, but, apparently, he wasn't in the mood today.

"Come on, Matthew," he went on, "the Mets are a good team, and you know it. They've got some of the best batters in the league this season."

I nodded. Today, I had no desire whatsoever to get trapped into one of those endless discussions about baseball. Don't get me wrong. In another situation (in a bar, with some pals*, some beer and a good game on TV), I could have talked baseball for hours. But today was different. I wanted to hear that I was going to Australia.

Was it me, or was George looking uneasy? No, I shouldn't get paranoid. Yesterday Joshua heard George saying that I was going to Perth, Australia. What he heard exactly was this, "Rogers is going to the University of Perth". Joshua had called me right away to break the news. So I shouldn't worry, everything was fine.

"So Matthew, I have some good news for you."

Here we were. I couldn't help smiling. But I had to pretend to be surprised.

"You applied for a transfer for a year. As you know, a lot of other students applied too. So it wasn't easy to satisfy everybody. Anyhow, I'm happy to announce that you're going to New York University!"

Was it a joke? I didn't move.

"Matthew, did you hear me? You'll be spending a whole year as a transfer student at New York University, NYU, as they call it!"

"What are you talking about?"

"Matthew…"

"This is a just joke, right? Joshua was here yesterday, and he heard you telling Susan that I was accepted at Perth. Ha ha ha! That was a good one, George, I almost believed you!"

But George wasn't laughing. At all.

"This is *not* a joke, Matthew," he said, in a serious tone. "First of all, what Joshua did was wrong. He shouldn't have been eavesdropping* on a confidential conversation. Second, if he had done his job properly, he would have known that the Rogers accepted to Perth was *John* Rogers, not you, *Matthew* Rogers."

Suddenly I was shaking. This couldn't be true. This was a nightmare, this wasn't happening…

"I know you must be disappointed, Matthew," George said. "I do understand. I know how badly you wanted to go to Australia. But it made more sense for John Rogers, because he's been studying Oceanography for three years. And you're studying History, so we – your professors and I – thought that a year on the East Coast would be more beneficial to you. And come on, you're going to the Big Apple. It could be worse, after all!"

This time I thought I was going to explode.

"No, it couldn't be worse!" I said. "I didn't even apply to it! I would never ever have dreamed of going to New York, never! I just hate New York!"

"No, listen, Matthew, it's not that bad! New York is a great city, you know, and it's…"

"Freezing and rainy and polluted and… No! I just don't get it! Two days from now, I was supposed to be on a plane to Sydney, Australia, getting ready to have the most wonderful time ever for a whole year… and now you tell me I have to live in that horrible city?"

"Listen, New Yorkers are like… Well you know…"

"I know: depressive and crazy, and above all intellectuals. I just hate them."

"No they're not! Oh please, forget Woody Allen, will you?"

"I can't! Allen is my mother's favorite director, she's seen all of his movies like a hundred times."

"So?"

"All those New Yorkers, they think they're the

center of the world, and they spend all their money on shrinks* and taxis."

"Matthew, stop it. Think about the good things, will you? As I said, New York University is in Greenwich Village, you know? Downtown."

"What? There is no campus, like here?"

"No, there isn't. New York is a city! No campus, no trees, no lawn, OK? Just streets and buildings, got it?"

"Sounds worse than Europe…"

"New York was founded by Europeans and…"

"OK. Enough bad news for today. I'll skip the history lesson right now, if you don't mind. Good-bye George!"

I slammed the Dean's door. I was in shock. I walked very quickly through the corridor, ran down the stairs as fast as possible and arrived on the lawn. This was my favorite place on campus. Always sunny, always crowded, always cool. The California way of life. And now, in exactly 48 hours, I would be on a plane heading to that freaky, hectic, frantic Big Apple… I could have died.

Chapitre 3
L'appartement

L'instant est historique. On est lundi matin, il est 9 h 00, et non, je ne suis pas en train de prendre le métro pour aller à la fac. Non. Je suis dans un taxi, en plein New York, plus précisément dans Greenwich Village, et je vais au 10 Waverly Place. Autrement dit, dans *mon* appartement new-yorkais ! J'ose à peine y croire, c'est trop beau pour être vrai…

Que de monde dans cette ville. Des sirènes, du bruit, des voitures. Pire qu'à Paris, incontestablement. Oh, ces magasins chics et branchés, c'est incroyable ! Cette petite veste, là, en vitrine… Non, à mon avis, il faut pas rêver, ça doit être hors de prix.

Qu'importe, je m'en fiche, je ne peux peut-être pas me payer des fringues dans Greenwich Village, mais je vais *vivre* dans Greenwich Village, c'est tout ce qui compte ! Mais d'ailleurs, c'est bien dans Greenwich Village que vivent les héros de *Friends*, non ? Si, si, c'est ça ! Rachel, Monica, Joey… Ils vivent tous dans Greenwich Village, j'en suis sûre ! D'ailleurs, avec un peu de bol, sur mes trois colocs, il y aura un Américain aussi beau que Joey et aussi intelligent que Ross, et le tour sera joué. Et moi, dans quelques mois, j'aurai la classe et la coiffure de Jennifer Aniston….

Waverly Place, ça y est, on approche !!! Numéro 4… 8… 10. On y est ! Le type de l'université qui doit me remettre les clefs m'a dit qu'il m'attendrait devant l'immeuble. C'est cool, il va pouvoir me donner un coup de main pour monter mes 35 kilos de bagages. Voilà, alors il faut que je paie le chauffeur… au compteur, il y a écrit 25 dollars, mais il faut un pourboire, sinon ça fait radin. 10 pour cent de 25 dollars, ça nous fait quoi ? Bon, je vais donner 28, ça ira bien.

La porte du taxi s'ouvre brusquement. Une voix me dit dans un français parfait :

– Bonjour, vous êtes Léa Faubert ? Je suis Brian, de New York University. C'est moi que vous avez eu au téléphone ce matin. Je viens vous donner les clefs de votre appartement… et vous aider à monter vos sacs !

Sympa, ce Brian ! Beau gosse en plus. Grand, brun, lunettes, jean serré. Très *fashion*. Bon, mais pas de quoi s'emballer, en tant que responsable de la vie étudiante, il fait juste son boulot.

« C'est super sympa, merci ! Mais… »

J'ose à peine poser la question mais il faut tout de même que j'éclaircisse un point :

– Comment se fait-il que vous parliez français ?

– Ma mère est française. Je pratique peu, mais dès que j'en ai l'occasion… Voilà, c'est par là. Voyez, il y a un ascenseur. C'est au troisième étage. Vous connaissez New York ?

– Non, je ne suis jamais venue !

– Vous verrez, c'est fabuleux.

C'est trop la classe. Génial.

Plus que quelques secondes avant de découvrir mes

nouveaux super potes* new-yorkais.

– Vous aurez des colocataires*, vous savez ?

– Oui, je me doute bien qu'on ne m'a pas donné un appartement de 130 m² en plein Greenwich Village pour moi toute seule.

Il rigole. Ce que je suis drôle ! Non, en fait, je suis surexcitée. Il sort les clefs…

– Vous êtes impatiente ? 5, 4, 3, 2, 1… Allez, j'ouvre. Il y a quelqu'un ?

L'appartement a l'air immense. J'entends du bruit dans l'une des pièces du fond.

– Ah, une de vos colocataires, je pense, lance Brian.

Une ? Pourquoi « une » et pas « un » ? Il va y avoir d'autres filles que moi ?

Au moment où je commence à poser un à un tous mes bagages dans l'entrée de l'appartement, une grande fille rousse vient à ma rencontre. Avec ses cheveux longs lâchés, au naturel, et son look *sportswear*, elle ne fait pas vraiment typiquement new-yorkaise.

Brian, apparemment, la connaît.

– Vera, from Germany. Léa, from France !

Une Allemande ! C'est la meilleure, celle-là ! J'ai traversé tout l'Atlantique pour me retrouver en colocation avec une Allemande, c'est une blague ou quoi ? Bon mais là, il vient de nous présenter, alors moi je dois dire quelque chose, non ? « Ravie de vous rencontrer », zut, comment on dit ça déjà ?

– Nice to meet you, dit Vera.

Voilà, c'est ça qu'il fallait dire. Vera repart dans sa chambre, tandis que Brian me fait faire le tour du propriétaire.

– Voilà la cuisine. Immense, hein ? La machine à laver est en bas, dans la cave. Ça se pratique souvent ici, à New York. Ici, vous avez un four à micro-ondes, je ne sais pas si vous savez ce que c'est ?

Non mais je rêve ! Il me demande si je sais ce que c'est qu'un four à micro-ondes. Bonjour l'image de la France, pays ultramoderne !

– Euh, oui.

– Non, je blague, bien sûr que vous savez ce que c'est. C'était juste pour vous mettre en boîte* !

C'est lui qui fait de l'humour, maintenant. Quand il aura fini de jouer les comiques, on pourrait peut-être voir ma chambre ?

– Ici, c'est le salon. Pas de télé, mais bon, on est à New York… Il y a tellement de choses à faire que cela ne vous manquera pas, n'est-ce pas ?

Je ne vais pas répondre que si, c'est l'horreur, que non, je n'ai jamais vécu sans télé, sinon je vais me faire cataloguer télémaniaque* de base. Au passage, je ne peux pas m'empêcher de noter l'absence totale de déco de l'appartement. Que c'est vide ! Murs blancs, deux fauteuils usés, un vieux canapé, une table. Très spartiate* en fait. Aucun charme. Il faut que je rattrape Brian, qui est arrivé au bout du couloir.

– Et voilà les chambres. Là, indique-t-il en désignant une porte close, c'est la chambre de Vera que vous venez de rencontrer. Ici, c'est la chambre de Yu-Gin, une Chinoise de Pékin qui doit arriver en fin d'après-midi. Et là, conclut-il en ouvrant grand l'avant-dernière porte du couloir, c'est la vôtre !

« Ma » chambre est petite et sombre. La totale.

– Ça vous plaît ? lance Brian.

– Beaucoup, dis-je en mentant.

Non ça ne me plaît pas du tout, en fait. Qu'est-ce que c'est que ce cirque ? Au lieu de mes cinq colocs

américains genre *Friends*, je me retrouve avec une Allemande et une Chinoise… dans un appart immense et vide. Remboursez!

– Léa, je vais vous laisser vous installer tranquillement. On se voit dans deux jours, à la soirée de bienvenue organisée pour tous les étudiants de NYU, d'accord?

– D'accord. Juste une question, Brian. Il n'y a personne dans la chambre du bout, là?

Brian semble hésiter quelques instants.

– Heu, bonne question. Je ne sais plus. Peut-être un Californien, à ce qu'on m'a dit, mais je crois que ça n'est pas sûr. Ce sera la surprise!

J'ébauche un sourire en guise de réponse et m'abstiens de tout commentaire. Brian part en me disant de le contacter s'il y a « le moindre problème ». Et là je me demande: est-ce que le fait d'être super déçue par son appart et par ses colocs constitue un problème?

Chapter 4
The Welcome Party

So here I was after 8 hours on the plane. In New York City, the so-called "city that never sleeps..." Well! In my case, it was more like "the city I would never-ever visit", but as a matter of fact, here I was, and for a whole year.

It was very crowded in the building. It had taken me at least 20 minutes to find a seat in the theater where the meeting was supposed to take place. If only I could just get a flyer to find out exactly what was going on. Yes! I got one. Great.

WELCOME TO NYU!!

4 P.M.: Mike and Audrey introduce you to NYU and its organizations

5 to 8 P.M.: Enrollment in the organizations

9 P.M.: Welcome party

ENJOY!!!

That looked promising. At least I found a seat… Two people on the stage, a guy and a girl, each of them with a microphone.

"Hello everyone, I'm Mike, NYU 07!"

"07!!!!"

"Thank you. I'm a senior at NYU and president of the undergraduate student association. This is Audrey, NYU 08…"

"08!!!!"

"Yes. Thank you. Audrey is helping me on this special day. As you know, today is Welcome Day. We're welcoming students from all over the States, but also from around the world. Guys, NYU is a place you will remember all your life. Of course, you'll have to study, but you'll also have fun, I can guarantee that!"

"Yeaahhh!!"

"So let me tell you today's schedule. First of all, Audrey and I are going to present the different organizations you can join here at NYU. And then, you're all invited to a big party in the Science Building! Does that sound good?"

Great. Thank you, Mike 07. This was pathetic.

"So, Audrey, we have like 150 organizations here at NYU, is that correct?"

"Yes, Mike, 150 organizations just for you!"

So these two were like CNN anchors[*], presenting NYU organizations like national news. Who said that New Yorkers weren't self-centered?

"150 organizations! So here they are. First, let me introduce the biggest one here at NYU, the Central Park Association!"

"Yeaaahhh!!"

"The Central Park Association is a wonderful

opportunity to discover New York and to do sports at the same time! Here are our main activities: running, roller-blading, horse-riding, rock-climbing, tennis, handball, baseball…. That's pretty much it, isn't it, Audrey?"

"Yes, Mike. And now, I'm going to present the other organizations: if you want to follow in Woody Allen's footsteps, join the NYU Film association! If you want to go fishing in upstate New York, join the NYU Fishing Club Association! You want to learn salsa, tango, cha-cha-cha? Join the NYU ballroom-dancing team! You want to win a Pulitzer? Join the NYU newspaper team! If you want to be the next Olivia Newton-John, join the NYU musical club…"

Oh God, I thought. Do you think there is a club for "Californians in distress"? Do you think there is an organization for people who hate organizations? What am I doing here?

∴

9.30 P.M. Science Building, Welcome Party.

"Ooops I did it again. I played with your heart. Got lost in the game. Oooh baby baby ooops you think I'm in love…"

This was incredible. To think that I could be surfing in Australia, and instead, I was at this stupid Welcome Party. Watching stupid girls wearing too much make-up doing a pitiful imitation of Britney Spears. In a snobbish building at a snobbish university in a snob-bish town… Look at those incredible dresses… and those guys in tuxedos*. It was ridiculous, they were so young! Whatever, I felt better in my jeans.

"Hey, Matthew!"

Huh? Who knows me?

Suddenly I saw a very cool-looking guy, with glasses, smiling at me.

"Hey, Matthew, I'm Brian, I'm in charge of student life here at NYU."

"Have we met?"

"No, we haven't. But I was looking at your picture this morning, because you had not arrived yet, so to speak. Since we hadn't had news from you, we were wondering where you were. But now that you're here, everything's settled!"

"Ah, I see. Yes, I arrived pretty late. I thought I could move in tomorrow, if that's OK with you."

"Of course, that's excellent. You'll see, the apartment's wonderful. It's on Waverly Place, number 10. You should give me a call tomorrow morning and I'll meet you there to give you the key. Hey, that's amazing! See the girls over there! They're your roommates*! Hey, Vera, Léa, Yu-Gin!"

Oh please, let me go! This was getting worse and worse! Now I was supposed to socialize with my future roommates!

"Hey girls," Brian said, "this is your mysterious roommate, Matthew! He'll be moving in tomorrow. Matthew, this is Vera, from Germany; Léa, from France, and Yu-Gin, from China. Girls, this is Matthew, from California."

"Hi, everyone!"

Surely I could find something more interesting than that to say. But, somehow, I was uninspired. It didn't matter, because Brian was in the mood to talk.

"Guys, have you joined any organizations yet?"

"Yes," Vera said. "I joined the running club and the gym club. What about you, Matthew?"

"Well, I don't know. I'm not really into clubs."

"Ha, you're like Léa, then," Vera replied.

I looked at the French girl. She was tall, with long dark hair in pigtails, and she was wearing jeans. She looked as ill-at-ease as me. I felt like I should say something, but I didn't want to. I decided to escape, and said something like, "See you tomorrow, then" and vanished in two seconds. I needed a drink.

There were so many people, I could hardly reach the table.

"Hi Sir, what would you like to drink?"

What the hell was this? A university party with a barman? New Yorkers were such snobs.

"I'd like a shot of bourbon, please."

"Can I see your ID*, please?"

I couldn't believe it.

"Come on, do I look like a kid?"

"It's the law, young man."

"I know perfectly well it's the law, I'm not a foreigner, just from California, OK?"

Forget it, I thought, looking in my pocket for my ID. For God's sakes, I had forgotten it.

"I don't have it. But I swear I'm 21. My birthday was last December, to be precise and…"

"No ID, no alcohol. That's the rule."

That was the last straw*.

"Keep your drink. I'm out of here."

Chapitre 5
Ma vie à New York

Date : 16 octobre
De : lea.faubert@hotmail.com
À : emilie383@ yahoo.fr
Objet : Debrief

Salut ma cocotte,

Ça va bien ?

Déjà 15 jours que je suis là, je n'en reviens pas. Plein de choses se sont passées depuis mon arrivée, je te les donne en vrac : mon installation dans l'appart (j'ai tout décoré à ma façon, c'est trop cool), la journée des associations, ensuite la soirée de bienvenue pour tous les étudiants de la fac, l'arrivée de Matthew, notre nouveau coloc californien (ennuyeux comme la pluie), les cours qui ont débuté (tout en anglais, évidemment, là, je pige* pas grand-chose), les premières sorties dans les bars branchés…

Allez, j'arrête là, car je sens que je te fais pâlir d'envie. Bon, et puis je vais être honnête, ici, c'est super, mais il n'y a pas la télé, alors je compte sur toi pour me tenir informée de tout ce qui se passe dans la StarAc.

Donc, si j'arrête mon cinéma deux secondes, je vais te dire franchement ce que ça fait de vivre à l'étranger : tu es PERDUE. Tout est différent, je t'assure. Rien que la façon dont les étudiants se présentent, c'est incompréhensible. À la journée de présentation des associations, tous les gens se présentaient en disant leur nom et un chiffre, par exemple, « Tiffany 07 ». Donc, pendant toute la réunion, j'ai entendu des Steve 09, des Audrey 08, des Frank 10. Forcément, je me suis dit : c'est tous des clones de James Bond ou quoi ? En fait, pas du tout ! Ce chiffre correspond à l'année d'obtention de leur diplôme ! Une Tiffany 07 (à prononcer « o seven », et non pas « zero seven »), c'est une fille qui s'appelle Tiffany et qui va avoir son diplôme en 2007. Voilà, c'est tout.

Ça n'a l'air de rien, mais tout est comme ça. À la soirée de bienvenue qui a suivi cette fameuse journée des associations, j'ai croisé des étudiants qui me disaient qu'ils étaient « sophomores ». Et là je me suis dit : mais de quelle nationalité sont-ils tous ? D'autant qu'ils avaient l'air franchement américain. Et puis j'ai fini par me faire expliquer le terme. En fait, ici, les étudiants ont un nom différent en fonction de leur année d'études : les « sophomores », ce sont les étudiants de deuxième année ; les troisièmes années, ce sont les « juniors » et les dernières années, les « seniors ». Et les « freshmen », ce ne sont absolument pas des « mecs tout frais », comme je l'ai d'abord pensé, mais des étudiants de première année.

Moralité : quand tu débarques à l'étranger, il faut accepter d'avoir l'air d'une tarte pendant quelque temps.

Rien que retirer de l'argent avec la carte bleue, c'est compliqué ! Les distributeurs automatiques ne fonctionnent pas comme chez nous. À chaque fois, je me plante et je dois recommencer. Ou alors, un truc marrant : pour acheter le journal, il faut mettre des pièces dans une boîte qui est sur le trottoir, et qui ressemble à un parc-mètre* ; la boîte s'ouvre et, hop, tu prends ton journal (note bien : tu pourrais en prendre dix ou vingt, mais non, chacun n'en prend qu'un), et voilà, tu refermes la boîte et c'est au suivant de payer.

J'en viens au sujet qui fâche : les kilos. Là, c'est le drame. Tu sais le jean super sympa qu'on a acheté aux Halles il y a deux mois, le fameux jean slim ? Bon, fais-moi plaisir, oublie-le, car je ne suis pas près de le remet-tre. J'ai dû prendre au moins quatre kilos, c'est la cata. Oui tu vois, je ne peux même pas te dire précisément combien j'ai pris, car même si on a une balance à l'ap-part, je ne sais pas combien je pèse ! Les Américains ne mesurent pas en kilos mais en *pounds* ! Donc, sur la balance, je pèse très exactement 141 *pounds*, ce qui ne correspond à rien de connu, donc j'ai décidé de ne pas me peser pendant un an, et voilà.

Parce que, non, je n'aime pas les hamburgers, donc je m'étais dit, pas de souci, je ne vais pas grossir... Mais laisse tomber, ils ont des pâtisseries MOR-TELLES : des doughnuts, des muffins, des cupcakes, le tout accom-pagné de crème fraîche ou de sirop d'érable pour les crêpes.... tout dans les cuisses, direct.

Mais bon, je ne m'inquiète pas trop, car j'ai choisi d'in-tégrer un club de sport. Au début, je n'étais pas trop partante. Mais je me suis fait coacher par Vera, ma coloc allemande. On fait donc du jogging ensemble, dans Central Park, deux fois par semaine, comme Jennifer Aniston dans *Friends*, si Madame ! En plus de cela, j'ai rejoint l'as-soc de cinéma. Là, je dois te dire que je suis nettement moins convaincue. On a eu notre première réunion la semaine dernière, et c'était ambiance branchouille, air sérieux/références à un obscur cinéma des années 30 dont évidemment je n'avais pas la moindre idée... et ça s'est terminé par la projection d'un film chinois sous-titré en allemand... Heureusement, je m'étais postée près de la sortie, je suis partie discrètement dès que j'ai pu.

Je termine sur mes colocs : Vera, l'Allemande, est devenue ma grande copine. Elle veut toujours organiser des trucs, donc parfois c'est soûlant, mais, au final, elle est toujours motivée pour sortir, se bouger et c'est pour ça qu'on est là, après tout. Yu-Gin, la Chinoise, c'est Madame Discrète. On ne la voit jamais. Je pense qu'elle passe son temps à étudier à la bibliothèque, elle fait des études d'économie, ça a l'air super compliqué et sérieux. Enfin, Matthew... Physiquement, il en jette : grand, blond, musclé. Mais alors, c'est une vraie tête à claques. Il fait la tête toute la journée. On dirait vraiment que ça le soûle d'être à New York, c'est dingue, quand même, non ? Il a placardé sa chambre de posters représentant des surfeurs en train de se la donner à fond sur les vagues... À mon avis, il regrette sa Californie natale... Mais je crois que Vera a en tête une super idée pour le décoincer un peu...

Il faut que je te laisse, car je dois filer à mon cours d'anthropologie.

Réponds-moi vite !!

Bisous.

Léa

Chapter 6
Vera Has an Idea

Knock-knock. Who the hell was that?

It was only 10 A.M. and it was Sunday, no less! Just leave me alone, please!

"Yeaah?"

"Vera here. Can I come in?"

I badly wanted to be alone right now, but, somehow I couldn't be honest. I decided to make a tiny effort and then I would have the whole day to myself...

"Come in, Vera. Hey, what's up?

"I've just come around to let you know what I've planned for this evening. Yu-Gin and Léa agreed that we could organize an international dinner. Meaning each of us could make a dish from his or her country, and then we could share it and eat it together. What do you think? And then we would all go out for a walk in the city. Wouldn't that be nice?"

Please tell me it's only a dream, I thought. Please tell me I'm going to wake up in a few seconds and find that the whole thing is a nightmare. New York, this stupid welcome party, and now this ridiculous international dinner!

"Well, Vera. I had a long day yesterday and, frankly, I don't feel like cooking tonight…"

"Oh, come on, everyone knows American food has nothing to do with cooking! Just buy some hamburgers at MacDonald's, and that will do!"

That was too much.

"Vera, let me tell you something: no matter what you think, American food doesn't equal MacDonalds!"

"Then prove it tonight, OK? I'm looking forward to discovering what American food really is. Dinner is at 7.30. I'll be going to the supermarket at 4 with Yu-Gin, if you want to join us. Léa will go on her own."

"Who's Léa?"

"The French girl."

Ha. I could see the picture; the picky French girl looking forward to showing off all the fancy "cuisine" she learned in Pariiiiiis. Buying a good bottle of wine and choosing a good cheese and criticizing American food all the while.

No, that would not do. I'll show them how good American food can be.

∴

Supermarket. Vera and Yu-Gin.

"Hey, Yu-Gin, do you know what you're going to cook tonight?"

"Yes, I'll do some dim-sum. What about you?"

"A sauerkraut."

"What?"

"You'll see. It's a surprise…."

"Is everything alright with you, Yu-Gin? You seem so worried. Is it because of your exams or something?"

"Not exactly. I mean, well, obviously, economics is pretty hard, but… No, that's not the problem."

"So what is the problem?"

"Well, to be honest, Vera, life is so expensive here that even with my stip', I can hardly make it."

"Your *stip?*"

"Sorry, my stipend*."

"Ah, OK. I understand, it's true, life really is expensive here. Maybe you could look for a job? Here, at the supermarket, I'm sure they would need people…"

"Yes, it's true, but that would be very tiring."

"Yes… well, I might have an idea… I am sure that you could work as a T.A.!"

"What's that?"

"A Teaching Assistant! Since you speak Chinese, you could help American students learn Chinese, and get paid for it!"

"Really?"

"Yes! You should go to the Language Department and explain your situation. You wouldn't be a professor exactly, but you would still be a sort of teacher. You could lead group discussions in Chinese. Brian was a T.A. in French, last year. He's the one who told me about it. You know he speaks French fluently?"

"Yes, I know. You like him, don't you?"

"Who, Brian? Yes, of course… But no, not in the way you mean, silly thing! Don't be ridiculous! I have a boyfriend in Germany."

"Ha! That doesn't mean anything, does it? Germany is very far… You're always with Brian these days… See, you're blushing!!!"

"Stop it, Yu-Gin, that is NOT true."

Chapitre 7
Comme un soufflé

Mouton, agneau, steak… Ouh là là mais dans quoi me suis-je fourrée ? Vera est totalement surexcitée avec son idée de dîner international… Pourquoi ai-je pris la mouche* aussi ? Lorsqu'elle m'a dit qu'il fallait que je sois à la hauteur de la réputation française en matière culinaire, j'aurais dû sourire et répondre humblement : « Non, très peu pour moi, en fait ce n'est pas moi, la cuisinière de la famille, ce sont ma mère et mes sœurs ». Et voilà ! Le tour aurait été joué ! Au lieu de quoi j'ai répliqué vertement : « La cuisine française, ça me connaît, attends de goûter mon bœuf mironton aux carottes, tu m'en diras des nouvelles »… Sauf qu'en fait je n'ai jamais su faire un bœuf mironton.

Bon. Il va falloir trouver autre chose alors. Du foie gras ? C'est zéro cuisine et c'est super bon ? Non. Je suis pas sûre que ce soit une publicité pour la cuisine française de parler du gavage de ces pauvres oies à des étrangers qui n'y connaissent rien. De la purée ? Oui, c'est une bonne idée, ça… Quoique… Léa, ma fille, sois un peu honnête avec toi-même : as-tu déjà fait de

la vraie purée, celle où il faut utiliser un presse-purée ?
Non. Tu es une pro de la purée en sachet, bravo, mais
là, ce n'est pas ça qu'on te demande.

Je crois qu'il ne me reste plus qu'une chose à faire.
Maman. Vite, il faut que je sorte de ce supermarché…
Je fais le numéro de mes parents. Ça sonne… Youpi !

– Maman, c'est moi !

– Léa chérie, c'est toi ?

– Oui maman, je voulais savoir…

– Mais enfin, tu ne nous as pas appelés depuis mercredi, j'étais folle d'inquiétude….

– Oui, c'est-à-dire que je ne t'ai pas appelée depuis quatre jours, ce qui n'est pas le bout du monde, tout de même !

– Mais enfin je suis ta mère, je m'inquiète, c'est normal…

– Oui, tu as raison. Pardon. Alors, en deux mots, tout va bien, mais j'ai besoin de ton aide.

– Ah ?

Le ton de voix de ma mère est différent. Elle est aux aguets* et, probablement, flattée que je l'appelle à l'aide. Je respire un grand coup.

– Une de mes colocs a eu l'idée d'organiser un dîner international. L'idée, c'est que chacun cuisine un plat de son propre pays.

– Mais c'est une très bonne idée…

– Donc, au final, dis-je pour l'interrompre, il y aura quatre spécialités ; allemande, chinoise, américaine et française. Sauf que voilà : JE NE SAIS RIEN FAIRE !

– Mais chérie, de toutes façons, on est dimanche, alors rien ne va être ouvert…

– Maman, on est aux States ici, et qui plus est, à New York. Alors TOUT est ouvert le dimanche, et surtout les supermarchés !

– Ah bon, a fait ma mère, impressionnée. Bon, eh bien… tu pourrais faire un cassoulet…

– Non, maman. Il me faut un truc original et simple, s'il te plaît, un truc super impressionnant et super facile à la fois, tu comprends ? S'il te plaît, rends-toi compte, j'ai la réputation de la France entre mes pauvres mains de cuisinière…

Bon, là, j'en fais peut-être un peu trop. Mais d'un coup, l'inspiration est venue.

– Un soufflé, a dit ma mère.

– Quoi ?

– Un soufflé au fromage ! C'est impressionnant et facile à faire. Prends un stylo, je te dicte les ingrédients et la recette.

Un soufflé ! Ma mère est géniale, géniale. Vite, un stylo. Voilà, j'ai pris en note toute la recette. Un petit « au revoir maman » et me voilà revenue au supermarché d'un air conquérant.

C'est simple, un soufflé ! Il faut du beurre, du fromage, des œufs, un peu de farine et du lait. Enfantin ! Alors, où est le rayon beurre ici ? Ouh là là, les margarines, ils les collectionnent… Qu'est-ce que c'est que cette marque ? *I can't believe it's not butter!* Non mais ces Américains, ils sont vraiment uniques ! Ils appellent leur margarine « Je peux pas croire que ce n'est pas du beurre ! » Incroyable.

Bon cela dit, c'est bien joli tout ça, mais moi je veux du vrai beurre. Sinon mon soufflé, il va être tout raté.

Ouh là, mais qui vois-je ? Matthew, notre beau Californien ! Il a l'air encore plus stressé que moi, tiens ! Ça me fait plaisir de le voir descendre de son piédestal et mettre un peu les mains dans le cambouis* ! Il est au rayon viande. Je me demande bien ce qu'il peut nous préparer…. Oups, planquons-nous, pas question qu'il me voie.

Chapter 8
The International Dinner

Date: October 21st
From: matthew.rogers@hotmail.com
To: joshua.flight@earthlink.net
Object: International dinner

Hey dude*,

I am emailing you pretty late tonight. I meant to do it last night, but somehow I just didn't get around to it. Last night, I just wanted to tell you everything was worse than I could even have imagined. But tonight, it was sort of fun. One of my roommates, Vera, a German who is always up to something, wanted to organize an "international dinner".

Ooops, I can see you wondering "What the hell is that"?

Well, that is the very question I was asking myself all day long.

Anyhow, we all went shopping and we spent the whole day cooking. We all pretended, "It was just for fun," but I think we were all freaking out.

The dinner was last night, and, to be honest, it wasn't that bad!

First we ate Yu-Gin's home-made dim-sum. They were absolutely amazing. Nothing at all like the ones at Chinese take-out places. After that, Vera's sauerkraut... It wasn't just the stuff you put on hot dogs. It was a big main dish with ham, potatoes, cabbage and sausages... INCREDIBLE!

And now I can see you wondering: What the hell did he cook? Well, I had prepared home-made burgers: yes, dude. Because you know what? All these guys travel like 3,000 miles from home, they say they want to discover America and meet Americans but, at the end of the day, they hold on to all their preconceived notions about America! As a matter of fact, Vera and the French girl, Léa, were sure that Americans spent all their money at MacDonald's.

So I decided to show them:

1. That Americans could cook home-made food.

2. That home-made burgers were good.

And, dude, I did it! They loved it. I bought some very good-quality hamburger meat and fresh buns. They were excellent, you would have been proud of me.

The French girl, Léa, made a soufflé. I have to say, I was impressed. A soufflé (pronounced "sooflay") is very impressive, because when it comes straight from the oven, it's all puffed up! It's made of eggs, butter, and cheese (you know how French people love cheese, don't you? That's NOT a preconceived notion, it's just the truth.) Well I hate to say so, but it was very good (I don't like Léa, you'll see why later).

So after this amazing dinner, Vera (you see: she's the leader!) suggested that we should go for a walk in the city. Yu-Gin wanted to go to the Empire State Building, because a friend had told her that it was a thing you had to do at night. So we all took a bus to midtown, paid 10 bucks* (tourist traps are so expensive!) and went up there...

It was amazing!

Imagine a landscape of glittering skyscrapers... very poetic. I know, you're thinking: is this really Matthew? Is this Matthew, saying he likes skyscrapers and tall buildings? Yes, dude, it's me. You'd have to be crazy not to like it. It was simply fabulous.

But guess who didn't like it? Léa, the French girl! She said something ridiculous, like, "In Paris, we've got the Eiffel Tower," and pretended not to be impressed by the view at all. Those Parisians are such snobs...

Anyhow, Vera and Yu-Gin were blown away, just like me. We spent almost an hour up there. So dude, maybe the Big Apple isn't that bad after all. We'll see.

Oh, one more thing: if you want to spend Thanksgiving with us, we have a spare room! I'd love if you could come over!

Later,
Matthew

Chapitre 9
Tourisme

– Yes, Vera, I'm coming! I'm on the phone with my Mom!

– Qu'est-ce que tu parles bien anglais maintenant, ma chérie !

– Maman, je t'en prie, j'ai dit deux phrases…

– Ah non, mais je sais reconnaître des progrès quand il y en a et là, il y en a, c'est incontestable. Sauf que tu as une très légère pointe d'accent américain. Attention, ça fait plouc.

– Maman, écoute, Vera m'attend pour une excursion en Nouvelle-Angleterre, donc…

– La Nouvelle-Angleterre, c'est magnifique ! Où allez-vous ? À Boston ?

– Non, on passe la journée à Martha's Vineyard.

Silence au bout du fil. Je savoure mon plaisir : dire à ma mère, fan de *Paris Match* s'il en est, que je pars en week-end dans l'un des endroits les plus branchés du continent (OK, après Saint-Barth). Je sais ce qu'elle va me dire d'ici cinq secondes : « Tu sais que les Kennedy ont une propriété à Martha's Vineyard ? »

– Martha's Vineyard…, dit ma mère. Oh tu sais, ce

n'est plus ce que c'était. Même Bill et Hillary Clinton ont une maison là-bas maintenant, c'est devenu très commun.

Alors là, c'est trop fort ! Elle doit être jalouse de ma petite expédition pour réagir avec une pareille indifférence....

– On verra bien, en tout cas si je croise Patrick Kennedy, je lui dirai bonjour de ta part... Au revoir Maman, je t'embrasse !

Non mais ! Ah, Vera s'impatiente en bas.

– I'm coming !

Vite, mon sac : mon guide de voyage, les lunettes de soleil de star parce qu'on va dans un endroit branché (et que, j'ai beau dire, je suis la digne fille de ma mère), le K-way parce qu'on ne sait jamais, deux T-shirts, un pull, clac. Je descends les escaliers quatre à quatre, Vera est déjà dehors... avec Matthew ! Ça alors ! Je croyais qu'on y allait entre filles ! Si ça se trouve, il ne vient pas avec nous, il a juste croisé Vera comme ça et...

– Hey, Matthew is coming with us. You don't mind, do you ?

Bien sûr que ça m'embête.

– No, of course I don't mind. Hi, Matthew.

En plus, je suis censée faire comme si ça ne me faisait rien.

Matthew ! Je croyais que pour lui rien ne valait la côte Ouest ! Quelle barbe ! Bon de toute façon, là, il faut y aller. Il se fait tard. Direction le métro, puis la gare centrale, on va finir par rater le car avec tout ça.

Gare routière de New York. Nous y voilà. C'est assez incroyable de penser que pour se déplacer aux États-Unis, c'est soit le bus, soit l'avion. D'après ce que j'ai compris, la compagnie de cars Greyhound est un véritable mythe. Visiblement, les cars en question couvrent le territoire entier des États-Unis.

– Vera ! Matthew !

Ils m'énervent à parler tous les deux, ces deux-là ! Heureusement que je suis là pour repérer le bon bus, sinon on irait à Pétaouchnoc[*].

– No, I don't think so, Léa. That bus is going to Atlanta. It's this one, over here.

OK, j'ai mal lu, c'est bon. Allez, on monte dans le car… Qu'est-ce que c'est que ce taudis ? Les cars Greyhound sont peut-être mythiques, mais niveau confort, c'est spartiate ! Cinq heures là-dedans ! Avec des fauteuils non inclinables ! Alors là, c'est sûr, plus jamais je ne laisse quelqu'un dire devant moi que les States sont le pays de la haute technologie !

Et voilà, je l'aurais parié! Vera et Matthew se mettent ensemble! Et qui se retrouve toute seule, comme une pauvre greluche*? Bibi! De toute façon, trois, c'est un mauvais chiffre, on le dit toujours. Quelle idée elle a eue, aussi, de lui demander de venir...? Si ça se trouve... NON. Vera a un copain en Allemagne. Oui mais, il n'empêche. Elle a l'air bien proche de Matthew quand même...

– Hi guys!

Brian! Il tombe bien, celui-là....

– Salut Brian, tu fais quoi?

– Salut Léa! Ça va? Je vais passer la journée à Martha's Vineyard.

– C'est trop fort, nous aussi! Comment ça se fait que tu y ailles? C'est pour les touristes! Toi qui es Américain, ça devrait te gonfler ce genre de plan!

– Léa, si je peux me permettre, tu es un peu trop directe. Tu devrais essayer d'être un peu plus *cool*.

– Non mais, tu n'exagères pas un peu, Brian?

– Non, Léa, je rigole! C'est fou ce que tu prends la mouche, calme-toi! Cela dit, je pense sincèrement que certains Américains doivent te trouver un peu trop *cash*. Ah, on démarre. Prête pour l'expédition?

Brian s'assoit à côté de moi. Ce qu'il vient de me dire me trotte dans la tête. Sans le savoir, il a touché juste.

– Brian, c'était vrai?

– Quoi?

– Tes allusions sur mon mauvais caractère? Sur le fait que tu me trouves trop directe?

– Non, enfin, si, tu es un peu directe, mais ça fait partie de ton charme, me dit-il avec un clin d'œil.

– Brian, je vais être honnête avec toi. Cela fait quasiment deux mois que je suis ici, à New York, je n'ai toujours pas de *vrai* ami américain, tu vois ? J'ai sympathisé avec Vera, bien sûr, et aussi avec deux Belges francophones, Inès et Isabelle, et Arthur, un Canadien. Je les trouve supers, évidemment, mais...

— Mais, toi, coupe-t-il, tu te voyais déjà dans un trip *Friends*, à sympathiser avec des New-Yorkais qui deviendraient tes meilleurs amis en deux semaines, c'est ça ?

Ça alors ! Comment a-t-il fait pour me griller aussi vite ? J'en reste bouche bée.

— Je te bluffe, hein ? Mais figure-toi qu'en tant que responsable de la vie étudiante, je vois défiler un certain nombre de gens comme toi, filles et garçons. Tous arrivent avec la même idée en tête : se faire des potes américains. Et tous repartent avec des amis du bout du monde : Espagnols, Allemands, Chiliens... aucun Américain dans le lot !

— Mais pourquoi ?

— C'est toujours comme ça... Et ce n'est pas si mal d'avoir des amis de partout, non ? Un mélange d'amis du bout du monde, une sorte de « melting potes », en quelque sorte...

Brian et ses jeux de mots... Peu et à peu, je me sens décrocher. Le rythme du bus me berce. Pendant un moment, je regarde défiler les jolies maisons américaines, généralement blanches, avec des colonnades de part et d'autre de la porte d'entrée. Et avec, une fois sur deux, un beau drapeau américain planté dans le jardin... Et puis, d'un coup, je m'endors.

Chapter 10
At the Coffee Shop

"Guys, the next boat back to Cape Cod is in two hours. Maybe we could have a cup of coffee somewhere?"

That Brian was *so* annoying. I thought I'd be alone with two girls for the weekend, and who did showed up in the bus at the last minute? Brian!

"I really loved the little houses on Martha's Vineyard, didn't you, Matthew?"

"They were OK."

"OK?" Léa said. "What do you mean 'OK'? They were more than OK, they were fantastic! Those little houses in all different colors were fantastic!"

That Léa was always so overexcited!

"Yes," said Vera, "they were like the houses of the *Schlumpfen*." The *Schlumpfen*? What the hell was she talking about?

"What do you mean?" I asked.

"The *Schlumpfen*, the little blue men, from the comic* strip by Peyo."

Of course, Vera was talking about my favorite comic strip, the Smurfs!

"No Vera, its not the *Schlumpfen*, or whatever you called them, it's the Smurfs."

"No way," Léa shouted. "It's the *Schtroumpf*. They're French, and I'm right!"

"Hey come on, guys," said Brian, like a TV moderator. "You're all talking about the same thing," he said laughing. "The Smurfs are *Schlumpfen* in German and *Schtroumpfs* in French, that's all! And, by the way, Léa, Peyo is Belgian, not French."

That Brian was just impossible. Just because he spoke English, French and German, he thought he knew everything. He always had to be right. Apparently Léa was very impressed by him. You could tell the way she was looking at him… No, I'm not jealous, I am just… err… whatever.

"Shall we go for a cup of coffee, then?"

Brian was such a scout leader! Even Vera, who usually took charge, didn't say a word when he was around. I didn't like his attitude at all.

"Yes," Léa said, "Let's go, because I'm freezing."

I noticed a Starbucks* on the other side of the street.

"Shall we go to the Starbucks over there?" I asked, before Brian had time to notice it. "Is that OK with everyone?"

"Yes," said Brian and Vera.

For some reason, Léa stayed quiet. Every time Brian said something, she said "yes." Every time I said something, she ignored me. Hmm!

We all entered the coffeshop. The place was packed.

"Looks like we're going to be on line," I said.

"It's funny how people are addicted to Starbucks," Brian said.

"Addicted?" Léa said. "What does that mean?"

"Addicted means, well, when you are so used to something that you can't do without it, like drugs. Addicted to Starbucks means that you are like forced to go there. See my point?"

Listen to the teacher! This guy was incredible! Soon, he was going to test us with questions like, "How do you say *Smurf* in French?" or "Find a synonym for *addict!*"

"There are Starbucks in Berlin," Vera said. "Do you have Starbucks in France as well, Léa?"

"Yes," Léa answered. "I think a couple of them have opened recently, at least in Paris. But I never go there, I prefer going to a typical Parisian café and enjoying a proper cup of coffee…"

Obviously… I couldn't help smiling. The Parisian girl wasn't going to admit that she could like American coffee, was she?

"Matthew, why are you smirking? Everybody knows that American coffee is nowhere near as good as European coffee! Americans can't be the best at everything, can they?"

"Hey Léa, calm down. Besides, it's our turn."

"Hi everyone," the woman at the counter said. "How are you today?"

"Fine, thank you," said Brian. "How are you?"

"Do you know her?" Léa asked.

"No, I don't," answered Brian, "Why?"

"Because you asked her how she was!"

"No, people do that in the States, but it doesn't mean they know each other," Brian explained.

"Hey guys," the woman said, "I'm sorry, but there's a long line, so if you could give me your order."

That was true. People behind us were looking exasperated. We had to hurry.

"Sorry," I said. "I'll have a caffe latte with a doughnut."

"I'll have a latte as well, with a bagel," Vera said.

"And I'll have a coffee of the day with a muffin," Brian said.

It was Léa's turn to order. She remained silent.

"Léa, what do you want?" I asked. "A latte? A coffee of the day?"

I knew I sounded annoyed, but her attitude was getting to me.

"Do you have Italian-style expresso?" Léa asked the waitress.

The waitress looked at me furiously, then looked at Léa and said, "Sorry, we don't."

"I'll have a black coffee then," Léa replied.

At last.

"Anything to eat?" The waitress asked. "Bagel? Muffin?"

"Don't you have anything lighter?" said Léa.

"No, we don't."

The waitress was getting fed up. I could see why!

"So I'll just have a coffee then."

We all paid the waitress, took our coffees and food, and found a seat around a small table, on a sofa. Léa was looking upset.

"I can't believe it!" she said. "No wonder Americans are fat! You have to get a muffin or a bagel or something fattening! They practically force you to put on weight! I am sure that when I go back to France I'll have put on at least 10 kilos!"

"Hey Léa, here it's pounds, not kilos. Don't you know that yet?"

"Yes, I know… Pff… The situation is absolutely desperate: you guys have no real coffee, no fruit and you don't even have kilos…"

"What the hell is wrong with you!" I exploded. "You're always complaining about something. The food is too greasy, the coffee's too light, the men are too ugly, the city's too polluted… Let me ask you something: why don't you go back to Paris?"

Ooohh. Maybe I had been too frank on this one. But it really was necessary. She was close to tears, but she didn't cry. We all began to drink our coffee and eat our bagels, muffins and doughnuts. Léa was still silent. Who saved the day? Brian, of course! He broke the silence saying, "You know, Léa, your accent is really improving."

Léa blushed. I really hate that guy.

Chapitre 11
Préparatifs de fête

Date : 20 novembre
De : emilie383@ yahoo.fr
À : lea.faubert@hotmail.com
Objet : Des nouvelles

Alors l'Amerloque, ça va ? Tu bosses pas trop, on dirait. Dans tes mails, il n'est question que de soirées ou d'excursions dans les lieux branchés de la côte Est ! Veinarde, tiens, tu as trop de chance !

Tu croises des gens connus au moins ? Genre Katie Holmes, tu sais, la Joey de *Dawson* ? La série se passait à Cape Cod, tout près de là où tu étais l'autre jour, Martha's Truc... Ou alors Sarah Jessica Parker, l'héroïne de *Sex and the City* ?

Ici RAS*. Ah si, quand même, un beau ragot* ! Samedi dernier, Floriane a fêté son anniversaire dans l'appartement de ses parents. Grosse soirée, beaucoup de monde... Et tu sais pas ce que cette peste de Lisa a encore fait ? Elle est sortie avec Axel, le mec de Floriane, sous ses yeux. Tu te rends compte ???? On était tous vachement gênés... Elle est terrible, cette fille, quand même...

Sinon ma mère ne me lâche pas d'une semelle parce qu'elle veut que je passe les concours pour entrer dans des écoles de commerce, alors elle est tout le temps sur mon dos... Bref, ce n'est pas la top éclate. J'ai hâte que tu rentres à Noël.

Bon, je te laisse ! Bisous. À plus !

Émilie

∴

Date : 20 novembre
De : lea.faubert@hotmail.com
À : emilie383@ yahoo.fr
Objet : RE : Des nouvelles

Salut copine,

Cool d'avoir de tes nouvelles, enfin !

Alors sache que *Dawson*, c'était dans les années 90, et que depuis, la gentille Katie Holmes a délaissé la côte Est pour s'installer avec Tom Cruise sur la côte Ouest. Raison pour laquelle je ne la croise pas à mon super-marché le matin. Sarah Jessica Parker (ici, on dit SJP, c'est plus *fashion*), elle, vit dans l'Upper East Side, c'est le coin des stars. Donc, non, je ne la croise pas non plus quand je fais mon footing...

Cette peste de Lisa... Mais rien ne l'arrêtera jamais, tu sais. Toujours arrogante, toujours en compétition avec les autres filles, toujours à se faire remarquer.... Dire que je n'avais rien vu venir, quand elle m'a piqué Julien... Enfin, heureusement, c'est de l'histoire ancienne, tout ça ! Et là, c'est moi qui suis partie aux States, et pas elle ! Non mais !

Bon, pour moi, l'aventure américaine continue.

D'abord : les colocs. J'avais franchement peur au début, mais là il y a une super ambiance entre nous tous.

Enfin presque tous (Matthew est toujours aussi coincé). Évidemment il y a toujours quelques frictions. Par exemple, la semaine dernière, Vera a piqué une grosse crise parce que Yu-Gin ne fait jamais la vaisselle. Il faut dire que cette pauvre Yu-Gin n'a pas une minute à elle : elle est toujours plongée dans sa science éco et, en plus, elle donne des cours de chinois à la fac pour gagner un peu d'argent. Je ne sais pas ce qui se passe, je crois même qu'il est question qu'elle rentre en Chine plus tôt que prévu. Ce serait dommage qu'elle parte. Je me demande bien qui la remplacera dans l'appart !

Bref, toujours est-il qu'entre la vaisselle qui traînait des jours dans l'évier, les morceaux de pain qui décoraient le canapé du salon, et les taches de Coca light sur la moquette, il fallait vraiment faire quelque chose.

Du coup, Vera et moi avons carrément décidé de faire un planning de corvées. Les autres ont un peu râlé au début. C'est normal, ils sont tellement paresseux ! Maintenant, chacun a son jour de vaisselle, de ménage, de poubelles...

Oui, je sais ce qui est en train de se passer dans ton cerveau en ce moment, tu dois te dire : mais qu'est-ce qui lui arrive, à ma Léa, de me parler de poubelles dans son mail alors qu'elle vit à Manhattan ? ? ?

Alors j'enchaîne : figure-toi que dans quelques jours, on va fêter Thanksgiving !!!

Je suis sûre que tu ne sais pas ce que c'est, alors je t'explique : c'est THE fête, ici. Brian m'a même dit qu'il pouvait envisager de ne pas fêter Noël, mais zapper Thanksgiving, ce serait carrément impensable !

Permets-moi de sortir ma science, d'abord : en fait Thanksgiving, en anglais, ça veut dire mot pour mot « Donner des remerciements ». Je te résume les origines :

on célèbre le premier repas des premiers habitants euro-péens de l'Amérique (les colons du XVIIe siècle, donc). Lors de ce repas, auquel ils ont convié les Indiens (quand même), ils ont remercié Dieu de leur avoir fait découvrir la belle terre sur laquelle ils venaient de débarquer et les Indiens de les avoir aidés à passer l'hiver. C'est une fête à la fois culturelle et religieuse. Mais maintenant c'est surtout une fête familiale. Ça a lieu tous les quatrièmes jeudis du mois de novembre... soit dans quatre jours exactement !

Tu te demandes pourquoi je suis excitée comme une puce, alors je vais te le dire : Matthew a demandé à un de ses amis de Californie (Joshua) de venir passer Thanksgiving avec nous. Normalement, tous les Améri-cains sont en famille à cette date-là, mais comme les parents de Joshua et de Matthew habitent les uns et les autres au bout du monde, les garçons s'arrangent pour passer la fête ensemble.

Et oui, tu as deviné, je suis sûre que ce Joshua est mon futur boyfriend. Il fait du baseball, tu imagines ? Je pense qu'il doit être super canon*. Donc je suis très impatiente...

Pour anticiper mon coup de foudre sur ce beau Joshua, j'essaie d'amadouer* Matthew : alors je l'aide à préparer le repas de Thanksgiving. Ah oui, parce que le repas, c'est sacré : on mange une belle dinde farcie, des patates douces, le tout accompagné d'une sauce aux canneberges (tu sais les *cranberries*, des baies comme des airelles)... Et en dessert, tu as le choix : tarte à la citrouille, aux noix de pécan ou aux pommes ! C'est énorme, non ? Le repas de Thanksgiving est souvent servi tôt l'après-midi pour qu'on ait le temps de tout manger !

Quoi d'autre ? Tu me dis que je parle beaucoup de mes sorties et pas beaucoup de mes cours : donc, pour ta

gouverne, j'ai eu un B+ en histoire, Madame ! Oui, un autre truc typiquement américain : il n'y a pas de notes chiffrées pour évaluer les devoirs, et encore moins de note sur 20 ! Non, les profs mettent des lettres, comme à l'école primaire. Au moins, ça, c'est pas comme pour les kilos, c'est facile à comprendre. J'ai le sentiment de progresser un peu en anglais, je comprends plus facilement ce que disent les profs.

Voilà, et d'ailleurs, j'ai une interro la semaine prochaine en économie, donc il faut que je te laisse.

Bisous.

Léa

Chapter 12
Thanksgiving

Vera, where was Vera? She was supposed to be here at eleven, it was already noon, and we had no turkey! It was a catastrophe!

"Léa, do you know where Vera is?"

"Matthew, she's not the only one shopping today, you know! She'll be here in a few minutes, don't worry!"

That girl always had an answer for everything.

"Did you buy the stuff for the pumpkin pie?"

"Yes, it's on the kitchen table."

"Thank you. But what are you doing? I need your help, for God's sake! Are you still in the bathroom?"

"Yes… Come on, I'm putting make-up on to look good for your Thanksgiving."

Girls… French girls… Parisian girls… I could kill her. What did I care if her mascara is perfect while my pumpkin pie isn't even baked?

"Listen to me, Sarah Jessica Parker. I need your help in the kitchen right now."

"Come on! Give me two minutes, just enough time to put some gloss on, OK? And then I'll help you all day long!"

Grrrr. Ah! The door just slammed! Vera was back. With the turkey.

"Vera?"

"Yes, Matthew, I'm here. Here's the turkey! Léa, I need to wash my hands. Can I come in?"

"I'm out!" Léa said, as she came out of the bathroom. She was looking good, I had to admit. But I had no time to think about that.

"Girls, I need your help right now. Joshua will be arriving soon, and we still have a pumpkin pie to bake, and a turkey to stuff and cook. And I have to do the yams* and the cranberry sauce! God!"

"I'm ready!" Léa said. "Just tell me what to do."

∴

Half an hour later.

RIIIIIING!

Gosh! Joshua was already here, and nothing was ready yet!

"Joshua is here," Léa said. "Matthew, come on! Forget your turkey for one sec', will you? It won't fly out of the oven, you know."

I ran out of the kitchen and opened the door. I gasped. Joshua was here. But he wasn't alone. Lucy was with him. His *ex* girlfriend… What the hell was *that* supposed to mean?

"Hello, guys," I mumbled. "Welcome to New York City!"

"Hey Matthew, it's so good to see you. I think you remember Lucy?"

Of course, I remembered Lucy. Lucy, from London. Lucy, who had made Joshua cry for days after she dumped him last year.

"Of course, I remember you, Lucy, welcome to Manhattan!" I said. "Let me introduce everyone: Joshua, Lucy – this is Vera, from Germany, and Léa, from France. They're my roommates. Léa and Vera, this is Joshua, my best friend, and his girlfriend, Lucy."

Léa was looking disappointed. Why? And what about my turkey? Maybe there wouldn't be enough to eat with one more guest…

"Didn't you tell me that there was another girl living with you?" Joshua asked. "From China?"

"Yes, her name is Yu-Gin," Vera said. "But she has family in Boston so she's spending Thanksgiving up there."

Awkward silence… No one dared to speak. Lucy was looking shy. Léa seemed very upset. I had to say something.

"Let's sit in the living room," I said, "Joshua, Lucy, can I get you something to drink?"

But they weren't paying attention to me. My best friend and his new/ex girlfriend were making out in front of the window. It was so weird to see them back together! What happened? I was dying to know… They had been madly in love for two years when Lucy lived in California, but then she went back to London, where she came from… and broke my best friend's heart, when she told him no way for a long-distance relationship. She said: either you marry me or you forget me. Poor Joshua was unable to decide. So she left him. And now, they were hand in hand in my apartment in New York City, who would have guessed that?

"Sure, Matthew," Joshua said, "I'd love a glass of wine, please."

"Me too," Lucy said with a smile.

I poured a glass of wine for everyone. Léa was still looking upset. What the hell was up with her now?

"I think we should make a toast," Vera said. "To you, Joshua and Lucy!"

Vera was such a nice person! She did everything to make everybody else feel comfortable.

"Thank you for welcoming us," Lucy said. "Yes, we're very happy to be here. Especially because we have something to tell you."

What the hell could that be? It wasn't what I thought it was, was it? Why was Joshua looking so emotional... and so tense?

"Yes," Joshua said. "Matthew, Lucy and I are getting married, and I want you to be my best man*!"

∴

"How could you do that? Without even telling me before? Am I your best friend? First, you get back with your ex girlfriend – the very one that made you cry for weeks last year, by the way – and you don't tell me a word about it. Fine. But then, you decide to marry her, and you want me to be your best man, are you nuts? Who do you think I am? I feel betrayed, dude, to be honest. Did you forget how unhappy she made you?"

"Matthew, give me a break, will you? Do you think you can control this kind of thing? After we broke up, we didn't even keep in touch for at least six months. But, somehow, we needed time apart to grow strong enough to get back together. I can tell you, we're made for each other, it's as simple as that."

"But why are you two getting married? I mean, so fast? Why can't you just be together? Is there an emergency? Are you two expecting* or something?"

"Of course not, don't be ridiculous! You'll see, Matthew, as soon as you meet The One, you won't

want to wait. You'll want to do what everybody does: tie up the knot, settle down, have kids…"

This was too much. My best friend had gone completely crazy. I was too tired to listen to all that crap. But at the same time, I was thinking: what if Joshua really is happy? Do I have the right to contradict him?

"Well, man, I have to say, you caught me by surprise, but… in fact, I would be very happy to be your best man."

"Matthew, dude, I'm so happy, you know? I mean, it's like, wow?!! Great! Now, we can talk about serious stuff."

Serious stuff ? What was he talking about? What *was* the serious stuff indeed, if it was not his getting married? As Joshua was ruffling inside his bag, I realised he was shaking.

"So dude, now that you've agreed to be my best man, we can get down to business: the color of your suit, for example. See this magazine? It's a special issue for suits. They've got the latest trends for summer: colour, texture, shape… I already checked the ones I thought would suit you best. Of course, I would love to have Léa's opinion. She's French, isn't she? She's supposed to have an instinct for elegance, right? Also, I would love to show you all the website of where the wedding will take place: a huge house, with a swimming pool. I hope you'll like it."

"Sounds great," I said. What else could I say?

Chapitre 13
La lettre

Ouh là là, quel mal de crâne… Je pense que j'ai un peu abusé de l'alcool hier… Il faudrait peut-être que je me lève. Quelle heure est-il ? 13 heures ! Ah oui, il faut vraiment que je me lève. Un café me fera le plus grand bien… J'entends les voix de Matthew et de Vera, ils doivent sûrement être dans la cuisine. Gagné !

"Hello!"

Silence. D'accord, je ne le prends pas personnellement. Il y a quelque chose qui ne va pas ?

J'ai l'impression qu'ils étaient en train de parler de moi, car ils se sont arrêtés tout net dès que j'ai franchi la porte. Non, Léa, ne sois pas parano, après tout, tu n'as rien fait de mal. Allez, je vais être sympa, je vais faire le premier pas. Avec un grand sourire, je leur désigne la cafetière que je tiens dans la main :

"Coffee?"

Là, c'est le comble ! Matthew me foudroie du regard et sort de la cuisine en claquant la porte. Vera me regarde fixement, hausse les épaules et le suit. Non mais qu'est-ce qu'ils ont ce matin ? C'est quoi, le problème ? OK, je n'ai pas été très gentille hier soir avec nos invités, c'est vrai… J'ai un petit peu abusé. Lucy, encore, ça allait. Mais alors, Joshua ! Un vrai phénomène, celui-là ! Il a fallu qu'on se tape le site internet du lieu de la cérémonie du mariage : une super baraque en Californie avec piscine, bien sûr, et qu'on dise « bravo, super, magnifique » pendant trois heures. Là encore, je pouvais faire semblant. Ensuite, Joshua nous a fait admirer les catalogues de robes et de costumes de mariés ! Ça a duré des heures ! En plus il a un goût immonde, ce n'est pas de ma faute ! Bon, là, j'ai craqué. Quand il nous a montré son costume bleu clair avec frous-frous rouges à volants sur le côté, j'ai explosé de rire, je ne pouvais plus m'arrêter. Le pauvre Matthew, il était vexé comme un pou.

Ummh, qu'est-ce qu'elle est bonne cette tarte à la citrouille ! C'est un super cuisinier, ce Matthew.

Ah là là, ce pauvre Joshua. Dire que pendant une semaine j'ai cru qu'il serait l'homme de ma vie, et que maintenant, non seulement j'apprends qu'il va se marier, mais surtout qu'il a des goûts de plouc* absolument incompatibles avec ma classe naturelle de Parisienne… Je crois que le pire, c'est quand il nous a montré un costume rayé composé d'une veste bleu marine et blanc, et d'un pantalon rouge sang ! C'était le costume de Matthew ! Le pauvre, il fulminait. Je voyais bien qu'il le trouvait aussi moche que moi, ce costume, mais qu'il ne pouvait rien dire en face de son meilleur pote. Quand je lui ai dit qu'il aurait l'air d'un clown, évidemment il s'est fâché… Ce que je voulais dire, c'est que Matthew ne peut pas porter un truc plouc comme ça, parce qu'il a trop de classe. Ce n'est pas parce qu'il est témoin qu'il doit s'habiller comme le marié, c'est-à-dire comme un sac, ce serait du gâchis.

Un mec comme Matthew, il faut qu'il soit habillé d'une façon sobre, élégante.

Bon, oui, c'est vrai que je n'ai pas été très sympa avec ses invités, il faudrait que je fasse quelque chose pour me faire pardonner. Tiens, par exemple, la cuisine est un vrai chantier*, et je crois que c'est mon tour de faire le ménage, donc je vais tout ranger, et comme ça, tout le monde sera content. Allez, je m'y mets doucement.

Regarde-moi ce désordre, il y en a partout. Des assiettes, des couverts, des verres de vin, des journaux, des lettres…

Des lettres ? Qu'est-ce que c'est que ça ? Tiens, c'est pour Matthew, je ne savais pas qu'il recevait autre chose que des mails, celui-là. Vu l'enveloppe rose, c'est forcément une fille. Si je l'ouvrais ? Non, je sais bien qu'il ne faut pas lire le courrier d'autrui, mais là je range, ce n'est pas pareil, alors il faut bien que je vérifie si la lettre qui est dans l'enveloppe est bien pour Matthew…

« Dear Matthew… »

∴

Date : 25 novembre
De : lea.faubert@hotmail.com
A : emilie383@yahoo.fr
Objet : t'es connectée ?

Salut cocotte, t'es là ? Non ?… Bon, j'aurais bien aimé chatter avec toi aujourd'hui, j'ai plein de trucs à te raconter.

Tu ne devineras jamais ce qui vient de se passer. Matthew a une copine ! Une Américaine qui s'appelle Beth et qui lui écrit des lettres d'amour enflammées ! Je

suis dégoûtée ! Je ne suis pas jalouse, note bien. C'est juste que je me sens un peu trahie... Non mais c'est vrai, on vit ensemble depuis des mois, et il ne m'avait jamais dit qu'il avait quelqu'un... Elle a de la chance, quand même... Tu l'as vu sur le blog qu'on a fait, il est assez sexy, non ? En plus, il fait super bien la cuisine. Mais bon, il a un trop mauvais caractère, franchement.

Ah ! J'ai un signal en ligne, tu es connectée, on va pouvoir chatter en direct. C'est génial !

∴

De : emilie383@yahoo.fr
A : lea.faubert@hotmail.com
Objet : Ouvre les yeux

TU ES RAIDE DINGUE DE LUI ET TU NE T'EN RENDS MÊME PAS COMPTE !!!!

∴

De : lea.faubert@hotmail.com
À : emilie383@yahoo.fr
Objet : ??????

N'importe quoi, ma pauvre fille... Attends, Matthew et moi ??? Matthew et moi ?? Matthew et moi !...

∴

De : emilie383@yahoo.fr
À : lea.faubert@hotmail.com
Objet : RE : ??????

Écoute, tu ne parles que de lui ! C'est vrai ça, tu vis à New York, et j'entends plus parler de la couleur des chaussettes de ton fabuleux Californien que de l'Empire State Building, du Brooklyn Bridge ou de la 5e avenue !!

∴

De : lea.faubert@hotmail.com
À : emilie383@yahoo.fr
Objet : RE : RE : ??????

Non, t'exagères, t'es pas sympa... Mais c'est terrible, ce que tu me racontes ! Admettons, comme tu le dis, que je sois amoureuse de lui (c'est peut-être un tout petit peu vrai). Je viens d'apprendre qu'il a une copine ! T'aurais pas pu me le dire avant, qu'il me plaisait ???

∴

De : emilie383@yahoo.fr
À : lea.faubert@hotmail.com
Objet : Calme-toi !

Qui te dit qu'il a vraiment une copine ? Que tu n'as pas mal compris, que ce n'est pas juste une amie fille, point barre ? Si ça se trouve, tu te fais des films. Ce ne serait pas la première fois d'ailleurs... Essaie de jouer un peu à la fille indifférente, pleine de mystère. Ou rends-le jaloux ! C'est comme ça qu'elle fait, Lisa, et ça marche à tous les coups !

∴

De : lea.faubert@hotmail.com
À : emilie383@yahoo.fr
Objet : RE

Pffffffffffff.........

Chapter 14

A Walk in Brooklyn

Good Lord! It's been snowing all night! You hardly ever see snow in California… I have to say it's pretty romantic. Maybe a chance to go for a walk outside Manhattan? I wonder if Léa would like it.

"Léa!"

Yes, we might even go to Brooklyn. I'm sure Léa would like it, since she likes going to trendy, fashionable areas. Léa. For the last three weeks or so, she has been acting pretty weird with me. Before that, she used to ask me odd questions, like "What's your favorite color?" or "Do you prefer California or New York?" Sometimes I felt like I was being submitted to a secret quiz.

But now she was barely speaking to me… She was ignoring me, acting like I was invisible or something.

"Hey! Léa! It's snowing today, wanna go for a walk?" I yelled.

What the hell was she doing? It was noon already. OK, we'd been to Brian's party last night, and gone to bed pretty late. Brian… The typical New Yorker! Tall, slim, seventies-style glasses, long hair, talking about

American cinema…. UGHHH. I can't stand that sort of guy. Apparently Léa could, she was practically drinking his words all night long. Sometimes I could swear she was looking at me, though… Weird.

"Hey Matthew, why are you yelling?" Léa said. "I've got a hangover*, OK? If you keep yelling like that, I'll go nuts!"

"Yes, I had a good night's sleep, thank you for asking."

She gave me a sharp look. I decided to be nice for a while.

"I was wondering if you wanted to go for a walk in Brooklyn."

"Brooklyn?… Why?"

"That's where Miranda ends up living in the final season of *Sex and the City*… That requires a visit, doesn't it?"

She was smiling. First smile in days! Yes! I scored a point there!

"OK, give me five minutes to get ready. I'll get dressed and we'll have a bagel and a coffee on the way. Will you wake Vera up? I am sure she'd enjoy it as well."

"Do you really think so?"

Why did I say that? Why?

"I mean, she told me she went to Brooklyn last week. And I thought we could go… just the two of us?"

UGHH. Maybe I was a bit too obvious. But I wanted to be alone with her. Because I wanted the old Léa back, the one that was always teasing* me with American clichés. Not the cold one that had taken her place lately. Was it me or was she blushing slightly? She really was cute.

"OK, if you want."

Five minutes later, she was ready. Pink coat, blue

scarf, red ski cap, black gloves. She must have caught my smile, because she said, "Yes, I know, it's a bit much, but after all, this isn't Saint-Germain-des-Prés or Greenwich Village, it's Brooklyn!"

"Yes, you're right. Let's go."

Soon after, we were outside. We decided to walk the whole way. When we got to the Brooklyn Bridge, it was covered with snow. We stopped in the middle of the bridge and looked at the skyline behind us. Very romantic… I had to seize the moment.

"Léa, can I tell you something? I've been wanting to for a while, but, for some reason, I never dared."

Her face turned as red as her ski cap.

"Yes, Matthew?

"Well, Léa, it's not easy to say…"

I stopped for a moment, looking at her, awaiting.

"But… you keep mispronouncing 'Greenwich Village'. You should say 'Grenich'. Got it? You have to drop the 'w' and not pronounce it. Will you try?"

I know I shouldn't have said that, but, somehow, I couldn't help it. Clearly, Léa was expecting something else. She turned pale, then she looked really angry. She articulated, "Gren-ich. Is that OK?"

I felt stupid. She looked really frustrated.

We started walking towards Brooklyn again. Soon we were strolling through the charming streets of Brooklyn. But Léa was still silent.

"I didn't mean to hurt your feelings, Léa, I just thought you might want to improve your English, and…"

"You didn't hurt me at all." Then she added, with a smile. "I was just thinking about last night. Did you talk to Brian? He's very interesting, you know."

"Brian. Yeah. The one who looks like he escaped from a bad Woody Allen movie?"

"Don't be mean. He's really bright and…"

"Ugh. Looks like he impressed you anyway. Come on, you're from Paris, don't tell me you're impressed by those snobbish artsy-fartsy guys, are you?"

"You think I should be impressed by blond surfers with broad shoulders like you?"

"Don't talk to me like that."

When I said that, I grabbed her arm and stared at her.

"Why not?" she said.

"Because," I said.

And, for no reason, I kissed her.

Chapitre 15
Une nouvelle colocataire

Date : 21 décembre
De : lea.faubert@hotmail.com
À : emilie383@ yahoo.fr
Objet : Grandes nouvelles !

Salut, ma cocotte ! Matthew et moi sommes fous l'un de l'autre ! Cela fait maintenant presque une semaine qu'on sort ensemble, et c'est le rêve absolu ! Il est intelligent, beau, cultivé, il a tout pour lui, quoi... Et pour la pseudo-copine, tu avais complètement raison, une fois de plus ! C'est une ex-copine givrée qui n'arrête pas de le harceler ! Ils ont rompu il y a deux ans, et elle ne s'en est toujours pas remise, la pauvre...

Et tu ne connais pas la meilleure ? Matthew m'a invitée à passer le Nouvel An en Californie, chez lui ! Donc, je ne rentre pas à Paris à Noël, comme prévu.

Oui, je sais, tu vas râler. Et si tu venais me voir, plutôt ? Peut-être que toi aussi, tu te dégotterais un beau *boyfriend* américain ? En tout cas, Maman n'était pas contente que je ne rentre pas pour Noël ! Première fois en 21 ans que je vais louper sa fameuse dinde aux marrons, elle est furieuse. Et puis zut, j'ai bien le droit de grandir un peu, non ?

Sinon, d'autres changements en vue ici, à l'appartement. Yu-Gin est bel et bien partie, elle est rentrée en Chine. Apparemment, à Pékin, son université n'admettait pas l'équivalence entre les diplômes américains et les diplômes chinois. Du coup, elle a dû faire sa valise et rentrer. Elle pleurait, la pauvre, c'était horrible. C'était la semaine dernière.

Hier, Brian est passé pour nous dire qu'il y aurait une autre personne qui allait prendre sa place. Il ou elle devrait arriver aujourd'hui. Il se pourrait que ce soit un ou une Française. J'avoue que j'aurais pas trop envie de voir une Française débarquer ici, dans « mon » territoire. C'est vrai, j'ai fait mon trou, ici. J'ai mon appart, mes colocs, mon mec… Heureusement, Vera reste. Je crois que son copain lui manque beaucoup, mais il vient lui rendre visite à Noël. Ah, je te laisse, j'ai entendu sonner à la porte. Je pense que c'est Brian qui vient nous présenter notre futur coloc…

Bisous ma belle, et pense à ma proposition de venir passer quelques jours ici !

Léa

∴

« Léa, dit Brian, tu tombes bien, je viens te présenter ta nouvelle colocataire. Je crois que vous vous connaissez, d'ailleurs. »

Qu'on se connaît ? Qu'est-ce qu'il raconte encore ? Non, attends…. Je rêve. Cette fille, là… dans la cuisine… cette grande blonde aux cheveux bouclés, qui parle à mon mec… non, ce n'est pas possible, dites-moi que je vais me réveiller !

« Léa, dit Brian, j'ai la grande joie de t'annoncer que Lisa, ta copine de fac à Paris, va devenir ta nouvelle colocataire ici à New York. Elle prend la chambre de Yu-Gin, entre toi et Matthew. Super, non ? »

BONUS

Vocabulaire / Vocabulary
Quiz
Recettes / Recipes

Aguets (aux) : attentif, en éveil.

Amadouer : séduire par de gentilles attentions.

Bibi : (fam.) moi.

Boîte (mettre en) : faire une plaisanterie, taquiner.

Bourriquet : (fam.) âne.

Cambouis : graisse noircie, notamment sur les chaînes de vélo. *Mettre les mains dans le cambouis :* se mettre à travailler, notamment à faire des choses pénibles, des corvées.

Canon : (fam.) beau, belle.

Chantier : lieu où se déroulent des travaux ; (fam.) lieu en désordre.

Cocasse : amusant et étonnant.

Colocataire : personne avec qui l'on partage un appartement en location.

Dupe : que l'on trompe facilement.

Greluche : (fam.) sotte.

Mouche (prendre la) : se mettre en colère.

Parcmètre : appareil grâce auquel on paye le stationnement d'une voiture.

Pétaouchnoc : (fam.) village imaginaire perdu au milieu de nulle part.

Piger : (fam.) comprendre.

Plouc : (fam.) paysan.

Pote : (fam.) ami.

Pourboire : argent que l'on donne à un serveur, chauffeur de taxi… pour le remercier de son service.

Ragot : bavardage, racontar généralement malveillant.

RAS : abréviation de « rien à signaler ».

Spartiate : austère, peu confortable.

Télémaniaque : maniaque de la télévision, qui ne peut pas s'en passer.

Tintin : personnage de bande dessinée créé en 1929, jeune reporter qui voyage dans le monde entier.

Anchor man/women: in broadcasting, person who acts as a link between different parts of a program.

Best man: friend who acts as an attendant to a man getting married.

Buck: (informal) dollar.

Comic strip: series of drawings or cartoons that tell a story.

Dean: university or college professor who has administrative control over a large area of study such as science or arts and often responsibility for the students.

Dude: (informal) man.

Eavesdrop (to): to listen secretly to what is said in private.

Expect (to): to wait for. When a woman is expecting, it means that she is pregnant.

Hangover: feeling of sickness and headache that you have in the morning if you have drunk too much alcohol the night before.

ID: abbreviation for Identity, used for a document proving who you are.

Pal: (informal) friend.

Roommate: someone you are sharing a rented room or flat with.

Senior: student in the last year of university.

Shrink: (informal) psychiatrist.

Starbucks: chain of American coffee shops.

Stipend: sum of money paid regularly to a person by the state.

Straw (the last): or "the straw that broke the camel's back", an event that, eventhough not important, happens after a series of annoying events, and makes you angry.

Tease (to): to make fun of someone, for example by making him/her believe something that is not true.

Tuxedo: black suit that men wear at formal social events.

Yam: row vegetable which grows in tropical regions and is similar to a sweet potato.

CHAPITRE 1

1. *Pourquoi Léa part-elle à New York ?*
a. Pour les vacances
b. Pour faire des études
c. Pour rendre visite à sa grand-mère

2. *Avec qui part-elle ?*
a. Ses parents
b. Sa copine Lisa
c. Personne

CHAPTER 2

3. *Is Matthew happy to go to New York?*
a. Yes
b. No

4. *Who is going to Perth, Australia?*
a. Matthew Rogers
b. John Rogers
c. Joshua, Matthew's friend

CHAPITRE 3

5. *Qui est Brian ?*
a. Le concierge de l'immeuble
b. Le colocataire de Léa
c. Un étudiant chargé de l'accueil des nouveaux

6. *Combien Léa a-t-elle de colocataires pour le moment ?*
a. Aucun
b. Deux
c. Trois

CHAPTER 4

7. *Who is this Welcome Party for?*
a. New roommates
b. New students
c. New York's new residents

8. *Why can't Matthew have a drink?*
a. Because he's too young.
b. Because he's too drunk.
c. Because he forgot his ID.

CHAPITRE 5

9. *Léa a intégré…*
a. un club de cuisine.
b. un club de sports et un club de cinéma.
c. un club de danse.

10. *Que pense Léa de Matthew ?*
a. Elle le trouve ennuyeux.
b. Elle pense qu'il est amoureux de Vera.
c. Elle est folle de lui.

CHAPTER 6

11. *What does Vera mean by "international dinner"?*
a. A dinner in a foreign country
b. A dinner where you speak several languages
c. A dinner where each person cooks a dish from their native country

12. *Why is Yu-Gin worried?*
a. Because she lacks money.
b. Because she can't speak English.
c. Because she can't cook a dish for the international dinner.

CHAPITRE 7

13. *Léa est très bonne cuisinière.*
a. Vrai
b. Faux

14. *Qu'est-ce que Léa va préparer pour le dîner international ?*
a. Un bœuf mironton aux carottes
b. Du foie gras
c. Un soufflé au fromage

CHAPTER 8

15. *Did Matthew's roommates enjoy his hamburgers?*
a. Yes
b. No

16. *Who didn't enjoy the Empire State Building?*
a. Matthew
b. Vera
c. Léa

CHAPITRE 9

17. *Léa est ravie que Matthew soit là.*
a. Vrai
b. Faux

18. *Brian pense que Léa…*
a. est trop directe.
b. est trop gentille.
c. a un accent déplorable.

CHAPTER 10

19. *Matthew is happy that Brian is here.*
a. True
b. False

20. *Léa doesn't eat anything…*
a. because she doesn't like muffins.
b. because she doesn't want to get fat.
c. because she isn't hungry.

CHAPITRE 11

21. *Avec qui Lisa est-elle sortie ?*
a. Avec le copain de Léa.
b. Avec le copain de Floriane.
c. Avec les deux.

22. *Pourquoi Léa est-elle gentille avec Matthew ?*
a. Parce qu'elle est amoureuse de lui.
b. Parce qu'elle veut sortir avec son ami.
c. Parce qu'elle veut se faire pardonner.

CHAPTER 12

23. *Who is Joshua?*
a. The new roommate
b. Vera's boyfriend
c. Matthew's best friend

24. *Why is Matthew angry at Joshua?*
a. Because Joshua didn't tell him he was back with Lucy.
b. Because Joshua is getting married to a girl who hurt him.
c. Because Joshua didn't like the turkey.

CHAPITRE 13

25. *Pourquoi Matthew et Véra sont-ils fâchés contre Léa ?*
a. Parce qu'elle se lève tard.
b. Parce qu'elle s'est mal conduite avec les invités de Matthew.
c. Parce qu'elle n'a pas rangé la cuisine.

26. *Léa se rend compte qu'elle est amoureuse de Matthew et décide de…*
a. le rendre jaloux.
b. lui avouer sa flamme.
c. se mettre au surf pour lui plaire.

CHAPTER 14

27. *Matthew is jealous of Brian.*
a. True
b. False

28. *Matthew doesn't want to miss the chance to…*
a. tell Léa what he thinks about her.
b. ask Léa for her soufflé recipe.
c. kiss Léa.

Solutions p. 94

LE SOUFFLÉ AU FROMAGE DE LÉA

1 Préchauffer le four (210°C/thermostat 7).

2 Faire fondre le beurre dans une casserole.
Ajouter la farine. Mélanger. Ajouter le lait chaud,
tourner jusqu'à ce que le mélange épaississe.
Assaisonner avec sel, poivre et muscade.
Retirer cette préparation du feu.

3 Séparer les jaunes des blancs. Monter les blancs
en neige.
Incorporer dans la préparation les jaunes d'œufs,
puis les blancs en neige, puis le gruyère râpé.

4 Beurrer un moule à soufflé, y verser la préparation,
et faire cuire à four chaud pendant 20 minutes.

5 Servir dès la sortie du four, avant que ça retombe !

Ingrédients (pour 4 personnes)

- *100 g de gruyère râpé*
- *quatre œufs*
- *1/4 de litre de lait chaud*
- *50 g de beurre*
- *40 g de farine*
- *sel, poivre et muscade*

LA DINDE AUX MARRONS DE NOËL

1 Émincer l'oignon, l'ail et les échalotes.
Les faire revenir dans une poêle avec les lardons.

2 Faire bouillir le lait. Y faire ramollir la mie de pain.

3 Plonger les marrons dans l'eau bouillante salée,
les égoutter. Hacher la moitié.
Garder le reste pour la garniture.

4 Dans un saladier, mélanger le contenu de la poêle,
la mie de pain essorée, les marrons hachés, le veau,
le persil, l'œuf, le sel, le poivre.
Farcir la dinde avec cette préparation.

5 Mettre la dinde dans un plat et verser dans le fond
quatre cuillérées à soupe d'eau chaude.

6 Glisser le plat dans le four froid et faire cuire
à 210°C/thermostat 7 pendant 2 h 15 à 2 h 30.
Arroser en cours de cuisson.

7 Disposer les marrons restant autour de la dinde trente
minutes avant la fin de la cuisson.

Ingrédients (pour 6 personnes)

- *une dinde de 4 kg environ*
- *un oignon*
- *deux gousses d'ail*
- *trois échalotes*
- *150 g de lardons fumés*
- *10 cl de lait*
- *100 g de mie de pain rassis*
- *400 g de marrons au naturel (en boîte)*
- *300 g de veau haché*
- *persil haché*
- *un œuf battu*
- *sel et poivre*

MATTHEW'S HAMBURGERS

1 Place ground meat in a large bowl.
Add Worcestershire sauce, mustard, ketchup, salt and pepper. Mix lightly with your hands.

2 Shape meat into six thick patties, being careful not to press too hard.

3 Grill the patties until you can see the juice begin to come to the surface.
Flip over and grill on the other side to the same point.

4 If you are topping them with cheese (cheddar, blue cheese…), put it on the patties now and leave until it is melted. If you are topping them bacon or onions, you can grill them besides the patties.

5 Just before the burgers come off the fire, toast the buns lightly.

6 Add desired toppings.

Ingredients (6 servings)

- *2 pounds ground chuck steak (preferably medium-lean ground beef)*
- *6 hamburger buns*
- *2 teaspoons Worcestershire sauce*
- *2 teaspoons mustard*
- *2 teaspoons ketchup*
- *salt and pepper*
- *optional toppings: cheddar, blue cheese, sliced onions, bacon, lettuce, sliced tomatoes, pickles…*

THANKSGIVING PUMPKIN PIE

1 Preheat the oven to 400°F.

2 Line a 9-inch pie pan with the pastry dough.

3 Mix the remaining ingredients in a large bowl until smooth.

4 Pour into the lined pie pan.

5 Bake for 10 minutes at 400°F, then lower the temperature to 300°F and bake for about 45 minutes or until the filling is firm to the touch.

Ingredients (8 servings)

- *pastry dough for 9-inch pie shell*
- *1/2 teaspoon salt*
- *1/2 teaspoon cinnamon*
- *1/2 teaspoon powdered ginger*
- *1/2 teaspoon ground cloves*
- *1 14-ounce can pure pumpkin, mashed*
- *1 14-ounce can sweetened condensed milk*
- *two eggs, slightly beaten*

1 b	15 a
2 c	16 c
3 b	17 b
4 b	18 a
5 c	19 b
6 b	20 b
7 b	21 c
8 c	22 b
9 b	23 c
10 a	24 a b
11 c	25 b
12 a	26 a
13 b	27 a
14 c	28 c

Score

● Tu as moins de 15 bonnes réponses
Less than 15 correct answers

➔ Tu n'as sans doute pas aimé l'histoire...
Didn't you like the story?

● Tu as de 15 à 20 bonnes réponses
Between 15 and 20 correct answers

➔ Y a-t-il une langue où tu te sens moins à l'aise ?
Which language is more comfortable for you?

● Tu as de 20 à 24 bonnes réponses
Between 20 and 24 correct answers

➔ Bravo !
Tu as lu attentivement !
Congratulations.
You read attentively!

● Tu as plus de 24 bonnes réponses
More than 24 correct answers

➔ On peut dire que tu es un lecteur bilingue !
You really are "a dual reader"!

Table des matières / Table of contents

BONUS

DANS LA MÊME COLLECTION

- *Aborigines*, Claire Davy-Galix
- *Cyber Intelligence*, Jeannette Ward
- *Destination Hawaii*, Claire Davy-Galix
- *Gorilla Land*, Jeannette Ward
- *Hotel Safari*, Claire Davy-Galix
- *Jazz Band*, Jane Singleton Paul
- *Imagine Alice*, Jeannette Ward
- *Joséphine & Jack*, Evelyne Peregrine
- *Karni Mata*, Jeannette Ward
- *romeo@juliette*, Manu Causse
   Version audio téléchargeable sur www.talentshauts.fr
- *Secret Divorce*, Sophie Michard
- *Secret Passage*, Jeannette Ward
- *Surprise Party*, Alice Caye
- *Train 2055*, Alice Caye

Connaissez-vous les autres collections bilingues des Éditions Talents Hauts ? **Mini DUAL Books** pour une première lecture en anglais, **DUAL +** à partir du lycée et **ALEF** pour lire en espagnol et en français.

Achevé d'imprimer en France par France Quercy, 46090 Mercuès
N° d'impression : 20531E